OURSON ET LA

Anthony Browne

kaléidoscope
lutin poche de l'école des loisirs
11, rue de Sèvres, Paris 6ᵉ

ISBN 978-2-211-08691-2
Texte traduit de l'anglais par Isabel Finkenstaedt
Première édition dans la collection *lutin poche* : mai 2007
© 2007, l'école des loisirs, Paris, pour l'édition dans la collection *lutin poche*
© 2004, Kaléidoscope, Paris, pour l'édition en langue française
© 1982, Anthony Browne
Titre de l'ouvrage original : BEAR GOES TO TOWN
Éditeur original : Hamish Hamilton Children's Books, The Penguin Group
Loi n° 49 956 du 16 juillet 1949 sur les publications
destinées à la jeunesse : mars 2004
Dépôt légal : mai 2007
Imprimé en France par Mame à Tours

Un jour, Ourson va à la Ville.

Beaucoup de gens s'affairent dans tous les sens.
C'est l'heure de pointe. Ourson est petit
et les passants ne le voient pas. Il se fait bousculer.

Deux grands yeux jaunes le fixent.

« Qu'est-ce que c'est ? » demande Chat.
« C'est mon crayon magique », répond Ourson.
« Alors dessine-moi quelque chose
à manger », dit Chat.

Ourson lui fait un assortiment d'aliments.
« Ça te convient ? »
« Oui, merci », dit Chat, et il engloutit tout.
Ourson et Chat s'arrêtent devant une boucherie.

Ourson n'aime pas la tête du boucher.

Ourson et Chat s'arrêtent devant un magasin d'ours.
« Je me demande si les gens les mangent », se dit Ourson.
Attention, Chat !

AU SECOURS…!

Chat est jeté dans une camionnette. Ourson dessine une paire de rollers et se lance à sa poursuite.

Passé un portail, la camionnette s'arrête dans une cour.

Le chauffeur enferme Chat dans une remise.
« Mmm. Très étrange », marmonne Ourson.
Dès que le gardien a le dos tourné, Ourson
contourne la remise et dessine une échelle.

Ourson reprend son crayon
et scie les barreaux de la fenêtre.

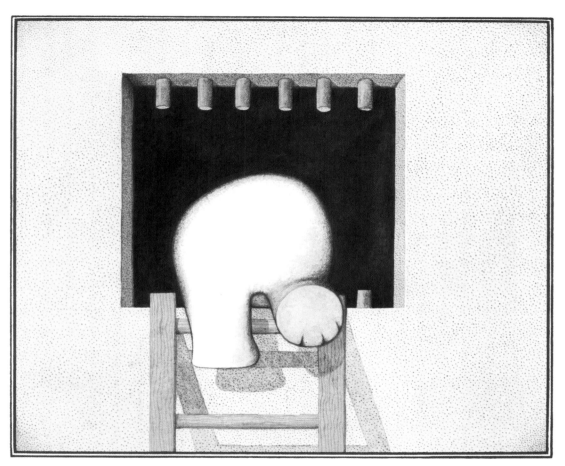

Il entre dans la remise.

« Tu en as mis du temps », dit Chat.

« Quel est cet endroit ? » demande Ourson.
« Nous ne savons pas », répond Vache,
« mais peux-tu nous aider à en sortir ? »

Ourson saisit son crayon. « Suivez-moi », dit-il.

Mouton refuse de partir.

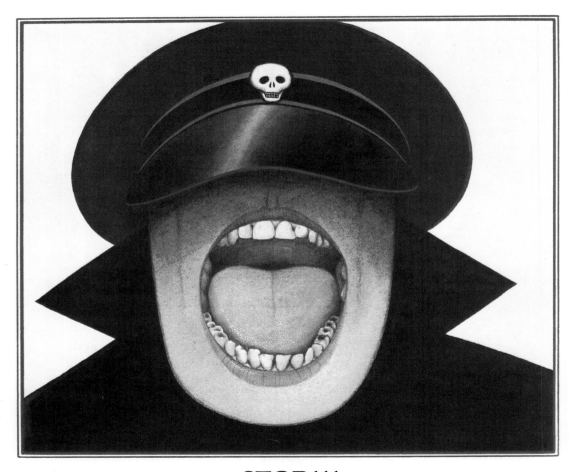

« STOP !!! »

Les gardiens se ruent derrière les animaux.

« Des peaux de banane, peut-être », dit Ourson,
et il les dessine.

Oouuuuuuups.

Regarde derrière toi, Ourson !

« Des punaises, peut-être », dit Ourson, et il les dessine.

Pssssssss.

Les animaux réussissent à s'échapper.

« Où sommes-nous ? » demande Coq.

« Au beau milieu de nulle part », répond Ourson.

« Ça me plaît bien », observe Cochon.

« Nous ne voulons pas être mangés… »

« … ni battus », ajoute Chien.

« Oui, c'est une vie de chien », soupire Chat.

« Facile », dit Ourson, qui reprend son crayon.

« Merci, Ourson. »

Et Ourson continue sa route.